轉身

2022～2023 臉書截句選

選自「facebook詩論壇」

2021年7月~2023年6月

白靈　主編

【總序】
2023，挖深織廣

李瑞騰

　　一些寫詩的人集結成為一個團體，是為「詩社」。
「一些」是多少？沒有一個地方有規範；寫詩的人簡稱
「詩人」，沒有證照，當然更不是一種職業；集結是一個
什麼樣的概念？通常是有人起心動念，時機成熟就發起
了，找一些朋友來參加，他們之間或有情誼，也可能理念
相近，可以互相切磋詩藝，有時聚會聊天，東家長西家短
的，然後他們可能會想辦一份詩刊，作為公共平臺，發表
詩或者關於詩的意見，也開放給非社員投稿；看不順眼，
或聽不下去，就可能論爭，有單挑，有打群架，總之熱鬧
滾滾。

　　作為一個團體，詩社可能會有組織章程、同仁公約
等，但也可能什麼都沒有，很多事說說也就決定了。因此
就有人說，這是剛性的，那是柔性的；依我看，詩人的團
體，都是柔性的，當然程度是會有所差別的。

　　「臺灣詩學季刊雜誌社」看起來是「雜誌社」，但

其實是「詩社」，一開始辦了一個詩刊《臺灣詩學季刊》（出版了40期），後來多發展出《吹鼓吹詩論壇》（已出版54期），原來的那個季刊就轉型成《臺灣詩學學刊》（已出版42期）。我曾說，這「一社兩刊」的形態，在臺灣是沒有過的；這幾年，又致力於圖書出版，包括同仁詩集、選集、截句系列、詩論叢等，去年又增設「臺灣詩學散文詩叢」。迄今為止總計已出版超過百本了。

根據白靈提供的資料，2023年臺灣詩學季刊雜誌社在秀威有六本書出版（另有蘇紹連主編的吹鼓吹詩人叢書六本），包括截句詩系、同仁詩叢、臺灣詩學論叢、散文詩叢等，略述如下：

本社推行截句有年，已往境外擴展，往更年輕的世代扎根，也更日常化、生活化了。今年只有一本白靈編的《轉身：2022～2023臉書截句選》，我們很難視此為由盛轉衰，從詩社詩刊推動詩運的角度，這很正常，2020年起推動散文詩，已有一些成果。

「散文詩」既非詩化散文，也不是散文化的詩，它將散文和詩融裁成體，一般來說，以事為主體，人物動作構成詩意流動，極難界定。這兩三年，臺灣詩學季刊社除鼓勵散文詩創作以外，特重解讀、批評和系統理論的建立，如去年出版寧靜海和漫魚主編《波特萊爾，你做了什麼？——臺灣詩學散文詩選》、陳政彥《七情七縱——臺灣詩

學散文詩解讀》、孟樊《用散文打拍子》三書，提供詩壇和學界參考；今年，臺灣詩學散文詩叢有同仁蘇家立和王羅蜜多的個集《前程》和《漂流的霧派》，個人散文詩集如蘇紹連《驚心散文詩》（1990年）者，在臺灣並不多見，值得觀察。

　　「同仁詩叢」表面上只有向明《四平調》一本，但前述個人散文詩集其實亦可納入；此外，同仁詩集也有在他家出版的，像靈歌就剛在時報文化出版《前往時間的傷口》（2023年7月）、展元文創出版李飛鵬《那門裏的悲傷──李飛鵬醫師詩圖集之二》（2023年5月）、聯合文學出版楊宗翰的《隱於詩》（2023年4月）、九歌出版林宇軒《心術》（2023年9月）及漫漁《夢的截圖》（2023年10月），以及蕭蕭、蘇紹連、白靈在爾雅出版的三本新世紀詩選……等。向明已逾九旬，老當益壯，迄今猶活躍於網路社群，「四平調」實為「四行詩集」，含不盡之意見於言外。

　　「臺灣詩學論叢」有二本：蔡知臻《「臺灣詩學‧吹鼓吹詩論壇」研究：詩人群體、網路傳播與企劃編輯》和陳仲義《臺灣現代詩交響──臺灣重點詩人論》。知臻在臺師大國文系的碩博士論文都研究臺灣現代詩，他勤於論述，專業形象鮮明，在臺灣詩學領域新一代的論者中，特值得期待；我看過他討論過「臺灣詩學‧吹鼓吹詩論壇」

的「企劃活動執行」、「出版及內容」，史料紮實、論述力強，此專著從詩社和詩刊角度入手，為現代新詩傳播的個案研究，有學術和實務雙重價值。

住在廈門鼓浪嶼的詩人教授陳仲義是我們的好友，他學殖深厚，兼通兩岸現代詩學，析論臺灣現代詩一直都很客觀到味，本書為臺灣十九位有代表性的詩人論，陳氏以饒沛的學養提供了兩岸現代詩學與美學豐富的啟迪與借鑒，所論都是重點，特值得我們參考。

詩之為藝，語言是關鍵，從里巷歌謠之俚俗與迴環復沓，到講究聲律的「欲使宮羽相變，低昂互節，若前有浮聲，則後須切響」（《宋書・謝靈運傳論》），是詩人的素養和能力；一旦集結成社，團隊的力量就必須出來，至於把力量放在哪裡？怎麼去運作？共識很重要，那正是集體的智慧。

臺灣詩學季刊社將不忘初心，不執著於一端，在應行可行之事務上，全力以赴；同仁不論寫詩論詩，都將挖深織廣，於臺灣現代新詩之沃土上努力經之營之。

【主編序】
變異和永生
──地球華麗轉身了嗎？

白靈

　　近期關於臺灣「截句運動」最令人快慰的事情，不是自2017年初的七年以來，又編了眼下這第五本的截句選集。而是臺灣民間文藝人士馮儀、林少儀等人自主性地於桃園市復興區建構了「一座文學的花園」，於2023年12月16日「啟用」，串連了143位臺灣當代文學領域的創作者、學者、畫家，清楚標明以「截句詩」（還曾規定不超過40字）的文體進行創作，規劃「詩學散步道」，並命名為「臺灣文學作家村」，邀請小說家陳若曦及「小詩磨坊」推動人林煥彰擔任榮譽村長。除重要的老中青詩人為主力外，名單還包括小說界白先勇、宋澤萊，畫家歐豪年、黃光男，漫畫家劉興欽、蔡志忠等人，要「用作家的手跡為引，結合戶外空間，讓文學融入生活，營造一個全民都可以讀寫詩的文學地景」，如此一來，「截句詩」一詞就不單單是網路上一群詩人七年來的「網上自嗨」或「紙上作業」而已，而是因緣際會地終於走入了民間，成

為引導地景、成就地方文學的一部份。

　　「截句詩」是小詩的「變形」，它正以不同的「身姿」不斷「華麗轉身」，走入書法、篆刻、茶碗、屏風、步道、地鐵、公車、課本、試題等等。它「看不見的影響」遠遠大於「看得見的影響」，這是很多主流詩人、愛寫長詩、非長詩不寫的詩人們所百思不解的。這使得詩如何「突變」如何「轉身」，在未來有機會成為一個熱門的話題。

　　而眼下世人最熟悉的「善變典型」就是肆虐已四年的新冠疫情RNA病毒株了，它的特性就是變異幅度都只是「小變」，卻能大量且快速的進化，連病毒學的專家們也跌破眼鏡。迄2023年12月為止，剛好是COVID-19（2019冠狀病毒病）在地球肆虐已到尾聲的四週年，即使已數度「轉身」變異，病毒株從早期Alpha到Delta到「集各種突變大成」的Omicron，包括什麼子型BA.2、BA.5、X.BB、BA.2.75、BQ.1等令人眼花的變性病毒株型式，像看不見的「忍者」或孫悟空汗毛的各式子孫，跳盪在各式媒體網路報紙報告實驗室與世人「言之色變」的嘴中，戴口罩成了常態，封城、停班、停課、施打疫苗、自主管理、上網去上班上課成了習慣。這場全球性大瘟疫截至2023年底，已累計有近8億的確診病例（不自知者、輕狀者恐數倍），造成近7百萬人死亡，約相當於二戰中直接死於戰

爭及與戰爭相關原因（如因戰爭導致的災害、饑饉、缺醫少藥、傳染病蔓延、徵兵、徵募勞工、屠殺等）的人數之十分之一。

　　一隻RNA病毒據說有3萬個核苷酸，其本身結構極不穩定（像我們靈魂一樣），在自我複製過程中就易有錯誤出現，錯誤的累積即形成「變異」，如此每個月幾乎有6個突變，而全球感染的人數太多了，族群愈大，突變就愈多，專家說「病毒經過一代一代的變異，如今幾乎找不到最早出現的武漢病毒株」。加上疫苗接種時間的落差和用藥的差異，也因此「鍛鍊」出更強大的病毒，而病毒突變是為了適應人體，因此將永久生存下去。

　　詩在某種意義上來說，是宇宙間普在遍在之高等智慧生物與生俱來的「靈魂的病毒」，於不同世代之間流傳，每個人對它的認知都不同，其形式的「變異」和「永生」是無法免除的，它像一種「宇宙潛意識」，其「看不見的影響」永永遠遠大於「看得見的影響」。而「截句」即是新詩百年後「再度回歸」的「小詩的變種」。

　　即以選在這本截句選的疫情詩為例，接續上一本《疫世界──2020～2021臉書截句選》，對疫病沒完沒了充滿了無奈，無不期待能早日脫離困境。邱逸華說真該「為犯錯的病毒繫上封條」，因為「孤獨的黃蝴蝶只想解開翅膀／飛回昨日去聽孩子的笑聲群聚」（〈戰疫──遊

戲場篇〉，2021/7）。而2021年上半年臺灣開始施打疫苗，疫情仍時伏時起，且不時變種，就像「字母不時逃跑」、「偷走Alpha的身體」形成Delta等突變、使得「病毒彌漫耳語」，連免疫細胞都要「忙著闢謠」（John Lee〈突變〉，2021/11）。結果副作用是使「國門，冷冷淡淡」，只有「時間苦苦等著表演／誰將為日子露出手臂」來接受疫苗（丁口〈注射〉，2021/8）。且臺灣要到2022年5月底才達到一日近十萬個確診的高峰。其他國家地區或有先後，其實情時讓菲裔詩人和權感受到「既然疫情又海嘯般來襲／那就推出心中的木舟迎戰吧／任由傷感跟夜空的星子一樣／燦爛」（〈風高。浪急〉，2022/1），句句佈滿了恐慌和感傷。2022年新春「迎福虎，Omicron卻盛裝／跳著祭典的舞蹈」（呂白水〈2022年元月〉），紀小樣的〈OmicronOrz〉更是以臺語諷刺瘟疫沒完沒了、「歹戲拖棚」有如政治秀的令人乏力無奈：「那有遐週長躼躼分名詞／著是欲看這个世界閣較亂／咱才有後齣續集通好看／政治分無力感」（2022/1），Omicron加上Orz，很難卒讀，而Orz有惡搞讓人無可奈何，也有拜託、被你打敗了、真受不了你之意，一語雙關，令人發噱。

　　於是百姓只能一而再、再而三地期待注射疫苗來抵擋，詩人說疫苗有如在黑夜中看見曙光：「穿破黑夜，像

尖尖的嫩芽／穿越海洋，像綻放的花瓣／萬能的疫苗，我欣然面對着它的注射」（劉祖榮〈曙光〉，2022/1）。但一方面廣大群體接受注射各式疫苗，一方面進口疫苗及國產疫苗糾紛不斷、弊端叢生：「一劑。直接刺破白天／一劑。蜿蜒刺穿黑夜／／半劑。挑染了情節／懸疑。深藏眼瞳，明滅」（林廣〈新冠疫苗〉，2022/5）。馬裔詩人建德說戰疫時，不得不關閉與世界的聯繫：「關上世界、異樣眼神和時鐘／無是無非之間，無我」（建德〈自閉——雅和聽雨同題詩〉，彷如進入閉關狀態。然而死亡的陰影不停出現，生離死別連小孩都感受得到：「拔拔你在那裡／麻麻我要抱抱／奶嘴掉了／爬出窗外像蝴蝶飛走」（謝情〈殤〉，2022/1）。到確診最高峰時，已至2022的第三年，人人皆已有窒息感，寧靜海說「聚群的雲軟禁太陽中」，連「說好的2022，最後一場花季」都不可能出遊，「春天透過淚水看出去／我們在疫起的日子，愈來愈模糊」，「疫起」代表「一起」確診（〈穀雨。無花〉，2022/5），能無憂無慮在「一起」為時尚遠。到末了，就幾乎有些麻木，要不只能：「夢裡。喜見病毒消失如退潮／醒來。發現心花／竟跟山城的姹紫嫣紅一樣／肆意怒放了」（和權〈一場好夢〉，2022/4）。但多半因日日如此，林廣即已預期〈後疫情時代〉世人將是「失去脣形／語言。已不再飛翔／／貝殼，把自己深深掩埋／假裝。還

擁有一片海」（2022/7），疫後疫前心境一定大大有別。

　　到了2022年底，世界各國已陸續解封，大陸要到12月因「舉白紙事件」而突然宣佈大解封，引發極大衝擊，得病者劇增，又因消息不透明，令世人霧裡看花。龍妍說：「遙問青山為何不老／青山笑我何時有閒／山坳浮上來片片白色句子，無解／情詩何時解封，幾行？」（〈閒步〉，2022/12），解封是解封，大陸的確已無人戴口罩，而臺灣即使不嚴格規定，戴口罩之人仍為數不少。到了2023年，彷如過往對「解嚴」的不適應一樣，「解封」一年來，仍陸續有小波瀾起起伏伏地折磨人，曾美玲面對〈賞梅〉時說：「滿園怒放，重生的白／把沾染一生的灰暗塵垢／堆疊內心，千萬噸虛空煩憂／粒粒掃除」（2023/2），心境是鬆了，連賞梅都有「重生」之感，虛空煩憂千萬噸，又如何粒粒掃除？如此身體一直不適應也是當然，李文靜說：「練習了許久／脫下口罩的時候／終於把臉皮也一併扯下」（〈容貌焦慮〉，2023/6），此境真是人人類同啊。

　　大疫一役四年，令全球震撼，但地球也只在一起初有短暫的喘息生養而已，何曾華麗地轉身呢？臺灣之後2023年是me too事件四起，諸多名人落馬，也有詩人記之：「咪兔一直繁衍／管你在什麼圈／就只做蘸墨舔筆的墨客吧／不要再去騷人了」（夏光樹〈騷人〉，2023/6），之

後即是面對2024年總統大選的藍白合不合政輪不輪替親美
或親中的諸多紛擾，一座島嶼像整座地球的現代縮影，豐
盛而紛雜混亂，地球日日轉身迴旋，其負載和變異卻回不
到百年前，它再也不能華麗地「轉身」，我們也只能如何
在心境上「轉念」以自處了。

　　今年這本《轉身：2022～2023臉書截句選》（實際
為2021/7/1～2023/6/30）中選了女詩人胡淑娟的11首
詩（上一本第四本選集《疫世界——2020～2021臉書截
句選》有21首），幾乎都圍繞著她臨終前面對死亡威脅
時的心境：「臨終靜坐的背影／如莊嚴的菩薩／斗室塵
埃／彷彿若有光」（〈生命鋒芒〉，2021/7/2），「一
座孤島飄著雪／竟讓潮汐哭乾，海水全然蛻去／黯黑的
時光漲滿寂靜／聽不見死亡逼近的聲音」（〈生命〉，
2021/7/24），看似釋然，卻得忍住劍刃般的痛：「漫漫
黑夜，鋒利的劍刃／橫空出世／刺向宇宙的傷口／痛是那
倏倏灼燒的電光」（〈痛〉，2021/7/27），下面幾首是
收在本選集中她最後的紀錄：

　　　出生的第一天起／生命就與死亡共舞／荒謬的節奏
　　　響起／直至舞伴交換了位置（〈交換舞伴〉，8月
　　　7日）

蝶也是花／來生的翅翼／像輕盈的載具／復刻著飛離的花魂（〈花與蝶〉，8月16日）

受詛咒的城市是座輝宏的靈堂／悼念著魂靈腐敗的氣息／時間鎖孔裡，每個接近的腳步／沉重得吸附了全世界的悲哀（〈近鄉情怯〉，9月5日）

魂魄蛻去雲霧的羽裳／奔向來接引妳的光／直至妳被光完全隱沒／如來之時（〈歸〉，9月7日）

時間如柔韌的刀刃／切割生命長河／淬鍊每一滴水的距離／成顆顆靈魂的舍利（〈詩的意象〉，10月8日）

櫻花飄飄落下／像人生句點，悄悄無聲／華麗悠然地轉身／卻仍聽到死寂的嘆息（〈離世〉，10月17日）

回到天家／深眠的眼瞳重新睜開／紅塵這場夢／終於自幽邈的前世醒來（〈夢醒時分〉，10月17日）

即使到末了，生得與死「交換舞伴」，即使「仍聽到

死寂的嘆息」，也要「如櫻花飄飄落下」、「華麗悠然地轉身」，即使「紅塵這場夢」恍如「終於自幽邃的前世醒來」，但仍要心持「柔韌的刀刃／切割生命長河／淬鍊每一滴水的距離／成顆顆靈魂的舍利」，詩是她的舍利，她已留下，死亡對她而言只猶如「夢醒時分」了。這是一位令人敬佩的生命鬥士，她已於2021年12月13日離世。

　　新冠一疫讓我們認識了病毒不會消滅，只是不停地「變異」，且將「永生」，與地球同在，與我們同在。詩、小詩、微詩、截句、俳句……，不管它換了什麼名字，也必將不止歇地在每一代的愛詩人身上心上「變異」和「永生」。

目　次

輯一｜2021年7～12月截句選

7～8月截句選

11～12月截句選

輯二｜2022年1～6月截句選

1～2月截句選

5～6月截句選

輯三 ｜2022年7～12月截句選

輯四｜2023年1～6月截句選

1～2月截句選

3～4月截句選

5～6月截句選

2021年7～12月截句選

7～8月截句選

無花
手拍黃瓜

致命一擊終究淪為饕客的口感
脆著麻辣著，互嗆挑剔的嘴巴
那些值得回味的掌聲
筷子夾出舌尖的死甜

2021年7月2日

胡淑娟

生命鋒芒

臨終靜坐的背影
如莊嚴的菩薩
斗室塵埃
彷彿若有光

2021年7月2日

郭至卿

花謝
——雅和薆朵老師同題詩〈花謝〉

枯萎是一紙收藏的手繪明信片

畫者已走遠

那瓣飄落臉紅的愛情

掌間熟透果實的味道

（薆朵老師同題詩〈花謝〉見2019年6月22日facebook詩論壇）

2021年7月4日

蕭蕭

茶甌
——雅和周夢蝶四行詩〈鳳凰〉

知了知了知了罷了罷了罷了

曠遠而綿邈岩岫且杳冥

寧　寧寧與心同寧靜靜與月同靜

一任那雙玉手隨意恣意任意摩挲不停

〔原四行詩〕

〈鳳凰〉／周夢蝶

甚矣甚矣甚矣衰矣衰矣衰矣

枇杷與晚翠梧桐與早凋

寧悠悠與鷗鷺同波燕雀一枝

一任雲月溪山笑我凡鳥

　　　——見《約會》〈鳳凰〉

2021年7月7日

林廣

臉・書

你習慣在我臉上築巢
我習慣隨著你文字底水草遷徙
巢和夢到底有沒有顏色
或適不適合定居怕誰也說不準

2021年7月10日

邱逸華

戰疫
——遊戲場篇

為犯錯的病毒繫上封條
落葉溜著滑梯，夜風盪鞦韆
孤獨的黃蝴蝶只想解開翅膀
飛回昨日去聽孩子的笑聲群聚

2021年7月11日

陳子敏
像似天上的夢

像似天頂的夢　　日來夜去雲來散去

延續了多少年頭你還是你我還是我

仰望天空藍更是藍灰更是灰

生命顏色時而透明時而黑暗

2021年7月12日

無花
你約定我在無人廣場

一對情侶
被咖啡杯隔開了情話
不准堂食的雨
漸漸從其中一張嘴中落下

2021年7月12日

蕭 蕭

月橘的祈願
──雅和周夢蝶四行詩〈雨荷〉

風中的月橘

不盼千里聲名、百里駝鈴、七里香逸

只祈願一片月光鋪展幾點霜白

那人的喘息不在關外不在窗外就在現在

〔原四行詩〕

〈雨荷〉／周夢蝶

雨餘的荷葉

十方不可思量的虛空之上

水銀一般的滾動：

那人輕輕行過的音聲

　　　──《十三朵白菊花》〈四行一輯八題〉之〈雨荷〉

〔跋〕

　　荷本該有詩。荷花、荷葉，田田、連連，有詩。風中、雨餘，有詩。盛放、枯殘，有詩。所以周夢蝶有兩首詠荷的四行詩，一首〈風荷〉，一首〈雨荷〉，這兩首詠荷詩雙雙出現在詩集中，又出現在札記裡。詩集是《十三朵白菊花》裡的〈四行一輯八題〉，札記是《夢蝶全集》（札記卷）《其它札記》〈我打今天走過〉（又題：〈六花賦〉）之「六之二──風雨詠荷」。

　　這裡敬和的是〈雨荷〉。

　　攝影者都喜歡捕捉荷葉上雨珠滾動的影像，那種無法歇止的雨珠滾動，隨時變換不拘，隨時改動相對位置的構圖設計，充滿了神秘不可預期，但詩人卻將那荷葉的雨餘，形象化為「水銀一般的滾動」，情意化為「那人輕輕行過的音聲」，這詩就有了情意的期盼！

　　這樣的情意的期盼，就是詩意的原發處，所以，雅和的作品就從這裡觸發。

　　月橘，有另一個更為眾人所知的名字：七里香，其實不只是七里香，她還叫：九里香、十里香、千里香、萬里香、滿山香、九秋香、九樹香，香遍滿山滿野，香遍古往今來。詩人會不會從這些通俗的稱呼想到誇飾的量度，花香千里萬里，純樸的農人都已經這樣誇飾了，詩人呢？詩人更應該進一步想的是，這是月橘的最初心願嗎？擬想中

的少女只願思念的「他」在千里萬里外聞到我的體香嗎？所以，〈月橘的祈願〉就逐漸成形了！

　　周夢蝶的「水銀的滾動」和「那人行過的音聲」是諧韻、互動的，「和詩」裡「幾點霜白」的香息也跟「不在關外」、「不在窗外」、「就在現在」相通相協。只有四行，更須講究吧！

2021年7月12日

張威龍
夏

蟬聲，把日子悠遠了
荷葉上的雨珠，把日子圓融了
冰棒凍結不了童年幻想
滂沱西北，澆不熄滾燙的心

2021年7月13日

王錫賢
變臉

沒得商量，時間
留下深深淺淺的鑿痕
搖晃著尾鰭，幾條魚順勢
悄悄游出了潰堤

2021年7月13日

蕭蕭

圓月總是西斜

──敬和周夢蝶四行詩〈細雨濕流光──詠春草〉

不管唐宋的上元、中元或明清下元

子時馬車一到

說斜就斜。無視於情人身上

繾綣的絲線如何收回

2021年7月13日

〔原四行詩〕

〈細雨濕流光──詠春草〉／周夢蝶

誰知野火已燒過多少百千萬億次？

根拔而心不死

說綠就綠。乃至

無視於春風之歸與不歸

　　──《有一種鳥或人》〈病起：四短句〉之〈細雨濕流光──詠
　　　春草〉

〔跋〕

　　周夢蝶詩集《有一種鳥或人》裡的〈病起：四短句〉，這四短句是四首短章、小詩，並不完全是四行詩，其中甲篇〈細雨濕流光──詠春草〉與丁篇〈中元河上〉屬四行詩。也就是說，周夢蝶早期的詩集（除《還魂草》外）有著較多的四行類型的組詩，其後則隨詩的內容有所增添。換句話說，四行詩可能是詩的起點，但絕非是詩的終極目標。

　　白靈最早為「截句」定義時，有兩個要件：一、可以是新製、也可以是裁製。二、詩行限定四行以下，三行、兩行、一行都可以稱為截句。時至今日，我看新製為多，裁製已少有人費工、費心了！行數也大多確定為四行，因為推展俳句者，有主張三行（如懷鷹的五言+七言+五言），有主張兩行（如洪郁芬的華文俳句，一行詩+一行季語），有主張一行的（如掌門詩學刊、邱各容的臺灣俳句，即以一行詩：三言◇四言◇三言合成一行），不如就讓這三行以下的去磨鍊俳句美學，截句也者就專心經營四行乾坤！

　　周公這首〈細雨濕流光──詠春草〉，化用白居易「野火燒不盡，春風吹又生」的生命活力，但在詩末轉出「無視於春風之歸與不歸」，去呼應詩題的〈細雨濕流光〉，一種潛藏的真正的生命活力之所存，在雨不在風，

在地不在天。

　　和詩，這一次只保留相關位置的「說綠就綠」，改為「說斜就斜」，並襲用「無視於」，其餘詩意、詩象都不相襲，且從天象發展為人情，可以視為是另一種轉化吧！

2021年7月13日

無花
誰不是砧板上的沙西米

窗外的雨一刀一刀落下
砧板上我是唯一活物
無人路上的無人餐廳
日子靜得剩下殺意

2021年7月13日

張文進
母親剪影

白頭翁叫聲塗灰母親的頭髮

菜心直不了微駝的背

小鐮刀不停說著近事

菜葉不斷脫去往日

2021年7月18日

明月

悟

把所有的頹廢，用電鍋蒸發
滴答聲響，一字一句跳出
攀爬，冒出意象的量尺
端起一盤重組的亮句

2021年7月22日

胡淑娟

生命

一座孤島飄著雪

竟讓潮汐哭乾，海水全然蛻去

黯黑的時光漲滿寂靜

聽不見死亡逼近的聲音

2021年7月24日

明月

驚奇

蟬聲擊破一扇門窗
流瀉一連串的陳年往事
小小的城堡藏鸚鵡
嘰嘰喳喳，把鄉愁點燃

2021年7月24日

西馬諾

**蒸發
是你的視力
而凝結
是你的瞳孔。**

時間闖入者

構句失明

即將失明

影子是耽於冥想的器官

2021年7月24日

江彧

母親剪影
——雅和張文進老師同詩題

昨天四腳助行器頂著圓滾滾的地球，雜耍
今天比薩斜塔與母親豢養的瞌睡蟲，競賽
誰。最慢抵達地平線，就贏了
明天

2021年7月24日

十二方
路人只是個取景的

烏雲驟雨澆不淡夏炎碧綠
沾色毛尖點不醒冬冽枯褐
船帆畫布各自暈染
一潭蓮塢何曾搭理了誰

2021年7月25日

胡淑娟

痛

漫漫黑夜，鋒利的劍刃
橫空出世
刺向宇宙的傷口
痛是那倏倏灼燒的電光

2021年7月27日

文靜

剪髮

年少的光陰蔓生

終於被過於鋒利的日子斷落

偶然目睹時間的死去

如此輕盈，如此安靜

2021年7月29日

姚于玲

啃魚頭
——記消失的香港

啃咬桌上僅剩的魚頭

你細嚼海的自由，攝取慰籍

口腔被記憶的骨扎傷

鹹味的血說：「你永遠屬於島上，紅色的人」

2021年7月29日

胡淑娟

尋覓

誰能為妳靜止時間的長河

從盈盈綠風的江南之岸

安然擺渡

至漫天飄雪的邊境

2021年7月30日

李瘦馬

濤聲

漸漸地　把自己聽成了濤聲

濤聲裡沒有你我

漸漸地　走出了濤聲

海是站起來的遼闊胸襟

2021年7月31日

黃士洲

穿一本詩集為針，縫合時間的破口

悲哀是趁亂插入心底的刺
刺　以鑿開血肉來召喚時間
詩　是靈魂的鐵杵磨成的針
或讀或寫。將刺　挑出

2021年7月31日

胡淑娟

交換舞伴

出生的第一天起

生命就與死亡共舞

荒謬的節奏響起

直至舞伴交換了位置

2021年8月7日

王勇
父親

哪有通天的梯子
還不是你在夢中
牽著我的手
一步步攀向日出

2021年8月10日

王勇

嘔吐

痛擊自己，吐血成詩
而有人卻隨隨便便
吐出一地分行的口水
也好，擦亮地板照照

2021年8月14日

西馬諾

慢慢的光線
滲入視角
時間進來了
被沉默的思緒。
——詩的先生，白靈老師。02

變成不只是視與聽

更是灼人的

是能被觸碰的

詩

2021年8月15日

胡淑娟

花與蝶

蝶也是花

來生的翅翼

像輕盈的載具

復刻著飛離的花魂

2021年8月16日

林廣

耳鳴

立秋了。所有的蟬依然成群
結隊，蟄居在我的耳房
打開電視。名嘴的泡沫輕如
緋聞。頓悟禪機的深妙

2021年8月21日

忍星
男子氣概

是不是空谷幽然
等待誰
未眠的，花苞
綻開　勃起的春晨

2021年8月24日

丁口

注射

國門，冷冷淡淡
疫苗的副作用
時間苦苦等著表演
誰將為日子露出手臂

2021年8月25日

李瘦馬
無花2

他又在寫鬼。

腐屍的味道，從字裡行間飄了出來。

他繼續寫，不知從那裡傳來：「現在的女鬼都噴香水哦！」

女鬼的指尖滑過他的耳後。

2021年8月29日

王勇

釋迦果

掀開你的頭蓋來

但見眾生的眼睛

一顆顆

黑白分明

2021年8月30日

9～10月截句選

胡淑娟

近鄉情怯

受詛咒的城市是座輝宏的靈堂
悼念著魂靈腐敗的氣息
時間鎖孔裡，每個接近的腳步
沉重得吸附了全世界的悲哀

2021年9月5日

李昆妙

餘地

影子掃出一個下午的
空，給花落
在風和風之間，一滴雨
想一想，不落了

2021年9月5日

胡淑娟

歸

魂魄蛻去雲霧的羽裳
奔向來接引妳的光
直至妳被光　完全隱沒
如來之時

2021年9月7日

Helen Hu

願想

一座湖泊迷落在我手心
凝縮住所有愛的祝福
寫在乾扁玫瑰信紙間
在我，離去後繼續存活

2021年9月9日

江彧
寫詩

稿紙像一面埋伏的網
捕捉筆尖飛撲出的字
字在眸光中鼓翅掙扎
淌著黃昏，血肉高歌

2021年9月9日

無花
偽人

他秀出身上千足蜈蚣、蛇蠍之吻
他口吐泥石流堵塞蓮花之池
我見過的偉人
習慣站作雕像

2021年9月9日

西馬諾

黑刻劃跡印
光度
得以瞥見
已被視為無用之物。
——詩的先生，白靈老師。08

純境可求

蔭覆明艷多餘之物

得以拾掇

揮舞之後的靜靜淡淡的笑

2021年9月12日

齊世楠

時光巧去無聲

日子躡足

在備餐與膳後

過度著吃睡

佐以螢幕的稀微快感

2021年9月12日

李瘦馬
灰塵的留言

灰塵給灰塵留言
幾近看不見的留言
灰塵刪了給灰塵的留言
幾近看不見的留言依然留下痕跡

2021年9月14日

侯思平

潮起潮落

堂口中心有略顯粗糙的明亮
只一秒屈身人海
以至於，夜色竟也如此荒唐
不必說嗨，也能看見日後的欷歔

2021年9月14日

七龍珠

All Day Dream About Sterker
（一生的夢在聆聽）

夢裡的詩在日子裡

來不及記

每個字都會飛翔

城市裡失去了蜻蜓

　　PS：路過的摩托車騎士T恤所言，他當成座右銘，我當成一次沉醉。

2021年9月16日

建德
言外

虛空向虛空喊話
群山讓道，狂草遂酣暢直書
自時間的荒野，直抵險峰的新綠
斷章於句末倒敘疾風的來意

*原想雅和李瘦馬前輩的灰塵的留言，不容易接下去，只能改寫，
只保留第一句。

2021年9月16日

桑青

粉絲

像門把與門的忠心耿耿
習慣鎖上，亦輕易打開
像魚群溫柔的鰓聽懂潮
對月，沒有表達的失誤

2021年9月22日

丁口

面具

愛落單了
陰天帶壞心情
多變的角色
你是誰？

2021年9月24日

胡淑娟
詩的意象

時間如柔韌的刀刃
切割生命長河
淬鍊每一滴水的距離
成顆顆靈魂的舍利

2021年10月8日

胡淑娟

離世

櫻花飄飄落下
像人生句點，悄悄無聲
華麗悠然地轉身
卻仍聽到死寂的嘆息

2021年10月17日

胡淑娟

夢醒時分

回到天家

深眠的眼瞳重新睜開

紅塵這場夢

終於自幽邈的前世醒來

2021年10月17日

文靜
父親

他嚼不斷的句子拖著很長的尾音
像蟬把夏天鳴過了頭
就秋天一樣老去

2021年10月17日

玉香

時鐘

你是不是扯下漫天大謊
要不然怎麼會
用盡一輩子來圓
而我在謊言裡，兜了一生

2021年10月17日

桑青

我，不再活著
──想念卡夫

空，從心長出來

一行行蜿蜒透明

直接美過的，將再折返

2021年10月18日

桑青
民宿一宿

新雨後的月光養肥山色
那半句的小小江南，睡了
枕間橫著你我
彼此都到不了的亮

　　註：一ㄒㄧㄡˇ

2021年10月18日

默歌
錘子與鐮刀

自由就是這樣被掐死
在如雷的掌聲中消失

2021年10月20日

胡淑娟
效應

深山寒氣滲入每個日子
偶而拾得一朵秋葉的嘆息
像精靈，落入了凡間
漣漪般擴散，震響了整座山林

2021年10月21日

曾廣健（越南）

情鎖

往事在時間深處泛黃起來
一支鏽匙　　今夜
又跑到記憶去擦新

2021年10月21日

11～12月截句選

晴雨常瑛

印

浪潮反覆練習，生滅
勾勒不出自身面貌
風鈴，靜止成一句偈語。
落入水中倒影

2021年11月6日

張威龍

分手

轉身，無情的背影
掘開奔騰的淚水
雙手無法搪塞
兩口潰堤的湖

2021年11月8日

聽雨

相對論

只需眼底藏一片海
容許雨季冬眠臥蠶
允許你無事乾旱

2021年11月10日

江美慧

湯圓

夜色是容易沸騰的水
很多心事熟透。浮出
別著急加糖，否則
月光煮不熟失眠的床褥

2021年11月10日

無花
立場

有的像皮球

有的像一行得獎的詩

有的像出示紅牌的裁判

有的像被皮球擊中的一行詩人

2021年11月16日

John Lee

突變

字母不時逃跑

誰偷走 Alpha 的身體

病毒彌漫耳語

免疫細胞忙著闢謠

2021年11月28日

明月

契機

紅塵往事，一盤下酒菜

風吹麥田，月光昏沉微醺

風雨總在釀酒譜曲獨厚我心

雷劈老樹，轟然裂成一把七弦琴

2021年11月28日

宇正

又一個雨夜他再次走進油鍋

醃製，裹粉，加辣
現實拿起屠刀立地成魔
每個成人的神均帶模具
每個成神的人皆帶魔性

2021年12月5日

莉婕

截句

坐滿星星的天空
閃爍著綿長的千言萬語
拉出四句的衣角　反覆熨燙
摺疊成一首小詩

2021年12月10日

莉倢

寫詩

撿撿幾根遐思　植栽在紙頁上
灑下幾滴淚珠　長出新綠
收納那縷花香　投入詩中
香透每個愁眉苦臉的字

2021年12月12日

丁口

最終

病痛消磨最終的志向

誰遇見無悔的眼淚

魂魄的願望，不肯離去

百合花於墓碑飄香

2021年12月14日

忍星
滿屋子夕陽

時間還沒有溶盡
你的笑，點亮了一盞過去
暗影
山色送來松風，回憶在枝枒上跳盪

2021年12月17日

王勇

堤

伸得遠遠的
一支長臂
掌上托著波濤裡
跌宕起伏的故事

2021年12月18日

文靜

歲末

我們又燃起新的營火
許舊的願望
一貫在黑夜裡信仰太陽
如同影子對光的虔誠

2021年12月25日

和權

敢於夢想

一滴淚，夢想洗淨
整個世界。恍若一首詩
夢想療癒傷痕累累的人
心

2021年12月25日

龍妍
閒

推開夢的棉被，詩緒成雪
推門應聲：霜麼？
原來，門下有月
門縫夾住了風

2021年12月26日

龍妍
在綠色的風中記住我

這一瓣，承托

蓮心靜謐的喧嘩

當我辭枝，濺開滄桑

可見著我最初的華顏

2021年12月26日

語凡（Alex Chan）（新加坡）

對視

一隻鷹在天空飛翔
尋找可落腳的地方
牠停在樹梢點了一根菸
裊裊抽著我的孤單

2021年12月26日

空

畫的右邊留下空白一片
有人說那是雪
有人說是落葉後看見的天
他說肚子空空腦袋空空那是時間

2021年12月28日

夏光樹
情人節

捏碎了整束玫瑰，
星空就暗了一半。
街道暈成了一幅水墨，
影子也瘦骨嶙峋了。

2021年12月28日

許廣燊
蚓出的愛

何苦為相思
弄得肝腸寸斷
每一截殘體
又癒瘡成另一個個相思苦

2021年12月29日

花落

隨著遲暮
優雅繽紛落地
風不起
只好相互堆疊成取暖的姿勢

2021年12月29日

寫詩

詩
是把文字
洗滌後擰乾
晾曬在陽臺的愁緒

2021年12月30日

2022年1〜6月截句選

1～2月截句選

李瘦馬

一首沒有題目的截句

你愛那滿天絢麗的煙火
我卻愛那煙火後的寂然
你愛那滿樹盛開的繁花
我卻愛那枝頭上掙出的新葉

2022年1月1日

夏光樹

煙火，給從前的戀人

對妳的思念如煙火。

燦爛。

短暫。

我要去安親班接我的小孩了。

2022年1月1日

晴雨常瑛
故事

前生，腹內煎熬黃蓮
塵埃覆蓋八方
靜默鍋子，內在虛空
不為外物升溫

2022年1月1日

七海

鑰匙

陽光朝我嘆息

天空倒影的彩虹

門扉緊緊抓住夢想的路口

只差一把鑰匙　完美的插入解藥

2022年1月2日

明月

滴

旋轉歲月的滾輪

安靜的水，在指尖上浮現

她想起一抹豹狼式微笑

推理內心的珍珠

2022年1月2日

西馬諾
一絡風收入你鬢角。

用朗讀光的速度
沉默地匍匐
在你的輪廓之間
馱著這片被放逐的時間對抗陽光的重量

2022年1月3日

紀小樣

寧靜海

只因躲在月亮的背面
你就滿臉淚痕……
原諒那隻基因突變的玉兔
何苦斧頭砍伐他的年輪

2022年1月3日

夏光樹
青春

一直闖紅燈，被警鳴笛的逃犯。

2022年1月4日

游鍪良

一首詩

輕輕將夢拉上

旋轉的天空是魚的暮色

我們將它收在詩集裡

隨時翻閱魚拓

2022年1月4日

玉香

八卦世界

一天總要掉進去好幾次
還捨不得出來
同進退的那隻手機
從不嫌，髒

2022年1月6日

鐵人（香港）
我是香港人。香港沒有我

我一個人在香港

香港不是一個人

一個人一個香港

香港是不一個人

2022年1月8日

紀小樣

葉也刪

依偎在詩人旁邊的
那個女子常常物外神遊
她比詩人寫過的詩
更像詩

2022年1月8日

和權

風高。浪急

既然疫情又海嘯般來襲
那就推出心中的木舟迎戰吧
任由傷感跟夜空的星子一樣
燦爛

2022年1月8日

慕之

綿長

誰比較綿長
柳條撩撥著小河
我的思念吧
風說

2022年1月9日

莉健
洗衣

葉片在水面上來回翻面

搓揉昨日沾滿的塵埃

洗盡一身鉛華

陽光收乾成一件沉香的蟬衣

2022年1月9日

李昆妙

誤點

時間長滿月臺，沿著
眺望一路而去的軌道沿著眺望
一路而去……，他再擦拭一次眼鏡
再擦拭一次美好的將來

2022年1月10日

紀小樣

撕人

詩努力將我凌遲
我也用心把意象腰斬
像梵谷，為燃燒太陽的顏色
像草間彌生，為無法窮盡的圓滿

2022年1月11日

沐沐
簽書會

終於可以這麼近仔細端詳你的眼
蛤！
原來我們之間這麼遙遠～～～

2022年1月13日

夏光樹

薄薄的

愛情歷經捶擊敲打
就薄薄的了
薄薄的愛情用來拭淚
剛好

2022年1月15日

愛死了

曾經，對你，愛死了。
現在，對你，愛死了。

2022年1月15日

劉祖榮

曙光

穿破黑夜，像尖尖的嫩芽
穿越海洋，像綻放的花瓣
穿過樓廈，像裂開的果汁
萬能的疫苗，我欣然面對著它的注射

2022年1月17日

高原
後浪

搖搖晃晃推不動前浪
核心串聯薄弱
滿桌堆砌華麗辭藻
唯獨不見本尊呼吸心跳

2022年1月15日

紀小樣
OmicronOrz（臺語）

那有遐遍長躼躼兮名詞
著是欲看這个世界閣較亂
咱才有後齣續集通好看
政治兮無力感

2022年1月18日

曾美玲

豔紫荊落花

一朵兩朵三朵四朵五朵六朵……
被昨夜風雨掃落，千萬朵凋零的心
回望枝頭盛開的青春
告別前，微笑寫下一首無名小詩

2022年1月19日

劉祖榮

圍封強檢

無形無迹，只能鋪張人力
巨大的鐵籠猛然罩住
直至撥開層層霧靄
陰與陽露出了黑白分明

2022年1月23日

木子
存在

生命存在的當下

如風　沒有立足點

你捉摸不到它的身影

只能和它同走一遭

2022年1月23日

江郎財進

貓膩

北京胡同裡的那隻貓
踅來花蓮開滿荼靡花的巷子聞香
順便想問公理與正義的問題

哼，不跟你說，這是祕密！

2022年1月24日

蔡履惠
虎媽

你的掌紋，是孩子一生的路

2022年1月24日

建德

自閉
——雅和聽雨同題詩

關上世界、異樣眼神和時鐘
無是無非之間，無我

2022年1月24日

〔原截句詩〕
〈自閉〉／聽雨

千招萬式
一個人的江湖

——《疫世界——2020～2021臉書截句選》頁246

謝情
殤

拔拔你在那裡
麻麻我要抱抱
奶嘴掉了
爬出窗外像蝴蝶飛走

2022年1月24日

語凡（Alex Chan）（新加坡）
如果是詩

本想寫在衛生紙上
但它老是破，成了壞掉的詩
它們不小心被刻在桌面
不懂是桌子還是文字讓感覺活了很久

2022年1月24日

王鵬傑

我的截句

寧可選擇迷你裙，

無視逝去的青春一甲子。

2022年1月24日

語凡（Alex Chan）（新加坡）
記憶重遊

回到老地方
我害怕車駕得太快
轉角的彎道
思諸就會掉出車窗外

2022年1月25日

語凡（Michael Tsai）（臺灣）
讓歲月沉入詩海

任思緒放肆旅行
步遍天涯海角
用字詞踏潮尋汐
讓歲月沉入詩海

2022年1月25日

無花
論詩是不是薛定諤的蚊子

詩是

朱砂痣

白月光

對坐時間的蹺蹺板

2022年1月25日

曾新智

圓謊

圓謊是吹泡泡
一個接一個
愈吹愈多愈絢麗

2022年1月26日

語凡（Michael Tsai）（臺灣）
獨裁

透入的光　去掉了亮度
在固定行徑踱步的文字　無精打采
加了條碼的思想　行動更是不便
而熟悉的偉大，總是印象堅定

2022年1月27日

和權

歲末

疫下又過了一年
不說什麼。只笑著
敬辛酸的故事三杯酒
不讓星光在眼眶閃爍

2022年1月28日

文靜
白髮
——給母親

一條條細軟的路

風走過，雨走過，也常有陽光

唯時間經過

一路上就開滿了白花

2022年1月29日

玉香

往事

如影，在你前後晃悠
隨形左右
是任憑你怎麼甩
都黏緊緊的故友

2022年1月29日

呂白水
2022年元月

一朵黃色的玫瑰花盛開
從小公園，開向歲末年初
迎福虎，Omicron 卻盛裝
跳著祭典的舞蹈

2022年1月30日

林廣

我曾不斷思索

當曠野被時間鋪上一層
又一層風沙

時間還能保有單純屬於
他的曠野嗎

2022年1月31日

江彧

熱戀

撕下這張

下一張

下下一張

都是二月十四日

2022年2月14日

無花
一炸鍋看清千面人

Ta　留言聲援

Ta　留言插刀

多意多解多隱喻

勝讀　Ta　整過型的好詩

2022年2月18日

江郎財進
暗獨

他們倆在暗黑的角落吸獨
戰狼們的嘴砲如此獨斷指涉

我們倆只是吸幾盤蘋果派跟蕃薯派而已
有這麼嚴重嗎？

2022年2月19日

忍星
禿鷹

一尊居高臨下的
靜　　　瞅著
急欲四散奔逃的人間喧譁
終於倒下　　壓碎大地的哀嚎！

2022年2月19日

3～4月截句選

林廣
忘詞

戲演到一半。忽然
我站成一株失憶的蘆葦

2022年3月5日

李瘦馬

當俄羅斯的士兵在覘孔看見有準星對著自己的時候

已被死神的眼睛盯著了
呼吸像一根絲掛在刀上

誰能看見敵人眼中的悲哀呀？
誰又能從敵人悲哀的眼中看見自己的驚怖？

2022年3月5日

江郎財進

沉默
——致澤倫斯基

你們西方領導人都解散了嗎？
你們沉默是金，姑息是銀，養奸是銅
我們血肉橫飛是屎是尿是餿水
是拉不完的靈魂滅絕之淚？

2022年3月8日

林廣
戰爭之霧

起霧了。遠方
硝煙燻得畫面一片模糊
冰點。黏住被無限扭曲的日子
聽不見哭聲正沿著破開的傷口往四面八方蔓延

　　　　　　　　　　　　　　2022年3月12日

玉香
衣架

硬是撐出一個個骨架

卻挺不起胸膛

濕答答的心情

還得靠風言風語，吹散

　　　　　　　　　　　2022年3月17日

林廣

戰痘男

他用力擠著鏡子的痘痘
長期下來鏡面布滿坑坑巴巴
他一拳猛然擊出。癲狂
看著滿地破碎的痘痘，笑了

2022年3月26日

余境熹
裝飾

天寒，被單裡山櫻暖和
月推窗，又擲來三瓣銀葉
由於痛，竟忘記嚼了舌頭
由於蠟燭，花開的音色清脆

2022年3月29日

宇正
清明

今天和阿公見了面
他熟練翹起二郎腿拿起爐上的煙
一吸一呼間
時間茂密成他墳頭的曠野

2022年4月3日

夏光樹
在時光邊緣

與久違的青春擦肩時他看見
在時光邊緣
旁座無人
影子獨自在盪鞦韆

2022年4月5日

余境熹

舞臺

數百副面具包圍被照明的瞳
已習慣被瞄，飾演另一頭自己
侍酒童隨燭影搖曳
你是杯，眾人延伸的掌

2022年4月6日

晚晚
自焚

夜在街燈裡
火，在蛾裡
你在一句愛情懸案裡。

2022年4月7日

夏光樹
打撈無名詩

一首詩墜海
只泛起微小的一公分左右的波浪
沒有目擊者
無名詩久久無人打撈

2022年4月8日

趙啟福

理財

恰似難以摸熟

讀透的愛人

精神數度登出，彷彿

投入的石頭，只是影子

2022年4月11日

林錦成
牽手

這手牽起來不見風花雪月
只見扶持踏深腳印
一路低頭撿乾材枯枝
邊煮火鍋邊聽風雨

2022年4月11日

和權

小火鍋

今晚，吃個小火鍋
也能感受到遠方戰火的
熾烈。各種菜肴在水深
火熱中掙扎……尚能吞嚥否？

2022年4月12日

張威龍

海誓山盟

浪花拍什麼手
潮汐是容易起誓、毀約的浪者
所有礁石的眺望
不過送往，迎來

2022年4月12日

和權

一場好夢

夢裡。喜見病毒消失如退潮
醒來。發現心花
竟跟山城的姹紫嫣紅一樣
肆意怒放了

2022年4月13日

陳瑩瑩
我們都會變成碎塊

時鐘像有十二顆牙齒的嘴
嘀嗒嘀嗒嘀嗒嘀嗒
咀嚼萬物眾生

2022年4月13日

李瘦馬
愈老愈剝落

首先，剝落形容的詞彙
再來，剝落不必要的動作
接著，剝落身外的風兼雨
看呀，雪白的心境，我的

2022年4月17日

喃喃
天生一對

我們在一起
宛若桌子配椅子
電腦和鍵盤
手機搭信卡那樣恰好

2022年4月18日

王錫賢
屠夫

剝你的皮，去你的肉
再用你的骨打造十字架
我來，我殺戮，我懺悔
哈利路亞讚美主

2022年4月18日

趙啟福

灰塵

日夜降落
時間下的細雪
終於成篇

2022年4月21日

晚晚

像白雲預習凋落

越靠近春天越不須修辭

心也無須天天晴朗

但你若失約我就下成雪

2022年4月21日

金珉旭

屎事

人生關卡如馬桶

僵持許久仍然無果

人情世故是大便

放軟身段自能排解

2022年4月21日

莉健
心情日記

擦去烏雲　收掉雨具
畫上一顆美麗的太陽
媽媽的病況
今日　晴

2022年4月21日

莉倢

鑽進回憶的蟲洞

靜悄悄的
世界像關上了音量
我一人踽踽獨行於海馬迴裡
假裝水波不興

2022年4月23日

邱逸華

狹路

為了成為彼此的瓶頸
所以相逢
我選擇禮讓，你偏說要摩擦
滿路的花花草草只好越長越高

2022年4月25日

王鵬傑

詩的奇幻異想

詩的地牢裡

靈感載您天海翱遊

詩在曠野中

心思卻囚著鳥

2022年4月25日

海天吟

影子

生來就為窺探世情

遍佈世界永會再生

雖被操縱卻沾沾自喜

揭穿所有隱藏也想聆聽所有真情

2022年4月25日

語凡（Michael Tsai）（臺灣）

歇

昨夜繳出一席話
今朝收妳兩椿「已讀」
茶涼了，有人滴進熱淚
窗外雨聲歇了跫音

2022年4月27日

趙啟福
祈禱

一斤一斤的
心事
一聲一聲的搗
能成為神品嘗的願嗎？

2022年4月27日

雲端情人

沒有誰可以批評花心
當夜深深
深邃一道幽靜

你看著螢幕，發射微笑

2022年4月27日

王鵬傑

流沙

寂靜的沙漠遊戲

你像綠洲可人

你如流沙噬人

我一隻腿　深陷你的胸中偏左

2022年4月30日

夏光樹
嫉妒

風猛然吹過，
將一隻蝴蝶吹跑了。
蝶影緊緊貼住花瓣，
不讓嫉妒的風得逞。

2022年4月30日

5～6月截句選

文靜
爭吵後的第二日

屋內結著安靜的霜，五月
夏天在窗外等候
一對雪人各自堅強
約好不為夏天這種小事融化

2022年5月7日

趙啟福

退之二

鞭炮聲乍響
喚醒吵吵鬧鬧的夏
噴發出憤憤衝天的氣味
你轉身，身後一片好風光

2022年5月8日

邱逸華

數獨

如此精準，把愛

填進慾望的空格

於是我們都在算計裡得到完美的秩序

2022年5月8日

湛藍

遙控

與你的電力無關
任何距離都無阻的是
綁在甘心那一頭的線
像臍帶從來剪不斷

2022年5月9日

劉祖榮
夜鷺

因為背黑
世人將它與夜套上了關係
它的性情也被重重誤解
不結群視為傲慢，不吭聲視為陰沉

2022年5月11日

文靜

小小的風雅

貝殼收藏大海

落葉收藏秋日

風鈴收藏遠方

蚊子收藏昨夜，我的失眠

2022年5月11日

趙啟福
黃色是快樂的顏色

脫下束縛，讓文字脹滿與裸露
蓬勃的精神不分晝夜
我們，是向光的一株植物
只為了黃澄澄的快樂，生活

2022年5月11日

林廣

新冠疫苗

一劑。直接刺破白天
一劑。蜿蜒刺穿黑夜

半劑。挑染了情節
懸疑。深藏眼瞳，明滅

2022年5月14日

卡路

內心戲

他決定演回自己
拿刀割下臉皮
再塗上厚厚的脂粉
臺上渾然忘我的表演

2022年5月15日

語凡（Alex Chan）（新加坡）
爬山住山

爬山時我想著下山
山是峰也好是嶺也好都住不下我
下山時想著上山野鶴就下山也好
反正我已住下了山

2022年5月15日

寧靜海
穀雨。無花

新聞快報：聚群的雲軟禁太陽中
說好的 2022，最後一場花季
春天透過淚水看出去
我們在疫起的日子，愈來愈模糊

後記：
Omicron 終是蠱惑了 2022 年的春天

2022年5月16日

邱逸華

定錨

在短進短出之間
描出愛情的季線
天長地久的船都擱淺
不停被初戀的我始終戴著綠色的帽子

2022年5月17日

趙紹球

良心傘

別人遺忘的
你拿走了。撐了
整個雨季，你又
把良心留下⋯⋯

2022年5月18日

紀小漾

放鳥

鴿子拍翅向天涯宣布
他們說要分手了
白雲的笑聲
比海角遼闊

2022年5月18日

趙啟福

口紅

是激情的饗宴
也是
爭執的導火線

2022年5月22日

無花
約

等了一下午等不到一隻八哥
飛入口袋
口袋中的雲伏著孵著
浮出許多陌生的鳥鳴

2022年5月22日

語凡（Alex Chan）（新加坡）

弓

他總看見一個問號

在家來回走動

那是母親的背影

從房間的天涯走到客廳的海角

2022年5月24日

我們看著歷史發聲

烏克蘭的砲火離我們不遠

但爆炸聲總是模糊不清

也許離遠一點，比如百年以後

史書將會重複得清清楚楚

2022年5月25日

邱逸華

仇家

日子在刀口下生鏽
軟舌拉鋸的戰役殘忍而幽默
我的江湖只有一片小小的肚腹
愛的恫嚇穿腸過

2022年6月5日

趙啟福

忌妒

插入心臟
一把劍

從此一眼望見的
全是尖銳

2022年6月6日

無花

相對論

他一路垂頭
把字一粒一粒從手機釣上
它一路挑眉
等眼睛一粒一粒掉入屏幕

2022年6月8日

無花
孤獨級數表

為自己寫詩

對自己的詩點贊

被自己的詩破涕

在自己的詩下留言分享+1

2022年6月10日

帥麗

秘密

早晨的咖啡攤上副刊

漬成一臉陰霾

辦公桌旁的他細細修鬍

信封上水痕淡淡，紛飛

2022年6月29日

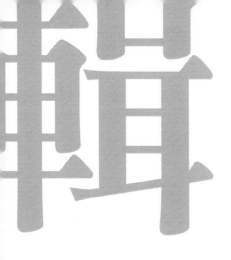

2022年7～12月截句選

7～8月截句選

林廣

後疫情時代

失去脣形
語言。已不再飛翔

貝殼，把自己深深掩埋
假裝。還擁有一片海

2022年7月3日

黃士洲
可口可樂

她搖擺被瑪麗蓮‧夢露抄襲的 S 型身材
恍見武媚娘春風於掌心的捧握
賣萌。噘小嘴
根本不信，世界有船、有大海

2022年7月3日

夏光樹

被孤獨起底

——借詩集名而成詩

失眠曲，法式裸睡
一天裏的戲碼
在愛與死的間隙
我們被孤獨起底

2022年7月6日

無花
獨居者的動物頻道

他在客廳養鯉
院子獵狗廚房囤豬臥房睡貓，陽臺放鳥
開飯時刻
破門的盡是豺狐狼獾

2022年7月24日

趙啟福

雷雨

還能發誓嗎？

當世界隆隆作響
所有承諾
都選擇隱居

2022年7月29日

丁口

枯乾的淚

不知不覺淚不見了
笑聲或真或假
留不下時間的塵埃
苦旦聚集在深夜練唱

2022年7月30日

徐紹維
無尾變色龍

尾巴，此品種唯一誠實的器官
遲早必然割棄以誘敵
餘生擬態於背離真相的背景
類同人心某些品種

2022年8月6日

趙啟福

誤會

還來不及抓住
一隻鳥便已高飛

落下的羽毛
任人解釋

2022年8月10日

徐紹維
國王的舊衣

網上流傳那個故事超洗另個故事

就兩件舊衣拿來比對就好唄？

網民還是喜歡新衣

以不存在穿搭不存在更像存在

2022年8月12日

夏光樹

通緝令

我的心遭竊

過濾所有可能的線索

我確定

你就是那個可惡的嫌疑犯

2022年8月24日

趙啟福
八卦之三

推波助瀾的兇手
沒有人在意，正如
立定源頭的真相
沒有人在乎

2022年8月25日

聽雨

偶遇是詩句而你是哪個標點

露珠等待過朝陽
日出看穿黑夜
而你，路過我
身著一串符號

2022年8月27日

陳瑩瑩

供養

一支筆，一隻吸血鬼
筆尖是尖牙
吸吧，吸我的血

2022年8月29日

演祐

熟年真好

煮熟的年齡　　正反適度

翻開舊時密碼，敢緊鬆開套牢

實際有效期限開始

一百歲能找回多少呢？

2022年8月29日

晚晚
一隻野貓遇見我

妳的眼睛劃亮小小的我

小小的我有小小的秋

一點點豐盛，一點點別離

落葉知道，風知道

2022 年 8 月 31 日

9～10月截句選

文靜

秋意

午夢醒來
最後一枚蟬翼安靜
在傍晚成為一種淡金
自夏天的末梢掉落

2022年9月4日

黃裕文

細雨

你不會知道思念有多重
因為那座海
我已細細刨絲
給你

2022年9月17日

莉倢

休息站

標點符號是文字

千軍萬馬的腳程裡

停頓　歇憩　喘口氣

最美的休息站

2022年9月21日

武異能
悔

被結果
狠甩一巴掌。回頭
乞求與如果復合

2022年9月24日

聽雨

快樂程式

讓悲傷吃了你，下一場大雨
接著放晴天空，拒絕一切雨具
最後把邊境好好治理
所有來往戶只能通達歡樂山谷

2022年9月25日

明月

彩繪人生

有時，我也會問自己
用浪漫當生命彩料
把樹葉都染紅
宛如拜訪秋風

2022年10月5日

荷塘詩韻
聆聽新生命

生命將以什麼姿顯現它本質呢

它沒有正面回應，而是轉身

換個面貌

以另一個生命對你訴說它的美麗與顛撲

2022年10月8日

莉婕

愛情

打開文字的孔蓋
每個孔洞都是通向你

2022年10月10日

湛藍
孤獨

活在失聯的圍牆裡

日子蛇一般長

蜷曲成冬眠

不問何時褪那層霜

2022年10月11日

湛藍

難言之隱

大樹站得挺拔
唯有啄木鳥側頭推敲
暗地裡空洞
迴響一圈圈心事

2022年10月12日

鐵人・香港
何妨

聲音在沉默裡婉轉
心跳在月池裏吶喊
等
等。等不到的一個人

2022年10月16日

黃士洲

擦亮鋒利獨裁

祂抽出憤怒，揮之一砍
一顆巨大真理掉落
乒乓世界，乍然暈眩
孤僻的靜默。一哄而散

2022年10月17日

林廣

浪花

浪自以為掌握了整座海洋
誕生的秘密。殊不知

花朵朵生滅都在繁衍
令人無法不曲解的意象

2022年10月17日

黃裕文

篆刻人生

1. 陽刻

練習割捨
多餘的不足的好的壞的有的沒有的
畢竟，最後是
減剩的作主

2. 陰刻

意義
果真不假外求
你不過忍痛
掘開自己

2022年10月17日

李坤妙

文明

阿爸牽著路回家，
對準我奔跑的腳步，阿母
把門打開——彼時，村子
一到天黑，天就真的黑了。

2022年10月19日

無花
蜂巢

格子裡的生活
無風無浪啊！你說多好
習慣藏蜜
更習慣被人偷走藏好的蜜

2022年10月19日

李瘦馬

如果把海搬到你的心裡面

那麼
隨時都可以坐在心的海邊
用海的胸襟
想事情

後記：
如果把海搬到你的心裡面，海，就不再只是海了。如果不把海當
做是海，如果看海就是在看你自己，如果你自己就是海呢？

2022年10月19日

謝情
人間雨

後仰　　放手　　漂浮　　大雨
就沒人在乎你　　活著
荼蘼花開都是別人的故事
烏鶖看著蟬聲把彼岸花催黃

2022年10月20日

夏光樹
超人氣

自從人手一機後
正義就逐漸弱成微光了
找不到電話亭變裝
超人非常生氣

2022年10月21日

黃裕文
幸福快樂的日子

1. 王子

集滿劫難，總算又
兌得一吻

變身回夏日裡
最無憂的水聲

2. 公主

從頭剪掉
傳頌已久的長髮

終於剪掉了頭蝨
高塔和王子

2022年10月23日

劉祖榮

悖論

最怕寂寞的是陽光

每時每刻每秒都在變化

即使是寧靜深夜的懷抱裡

它仍借助從不發光的星球閃動著

2022年10月29日

徐紹維

悲觀

邋遢、冷漠、軌道極度橢圓

像年輕時某一部份的自我

不敢離開太陽系

週期性噴發無用而閃爍的垃圾

2022年10月30日

黃士州
乾淨的耳朵

一張床醒著。聽
鐘擺重疊腳步，走著
路燈拎著光的行李注視沒有公車的灰街道
有零星的風，扯一扯透明的風鈴聲

2022年10月31日

11～12月截句選

趙啟福

針

進入的時候
感到活著

2022年11月1日

陳瑩瑩

窗簾

站在窗前，她
伸手放下海
溺死外面的世界

2022年11月4日

謝情
浮生

與蝴蝶對話，和蝸牛慢活
對綠繡眼輕唱，向貓頭鷹眨眼
當七里香飄雪，將四季桂花釀
陪夜鷺散步，笑談千里外浮雲

2022年11月4日

李瘦馬

我就是那個把漂亮的東西寫成詩句的人

心中藏美的人
看什麼都美
我在人世間行走
心是詩的鍋爐提煉美

2022年11月18日

語凡（Alex Chan）（新加坡）

穿愁

我穿過你的視線時
你用驕傲攔住了我
從你眼裡帶回的秋
披在心頭永遠穿著

2022年11月20日

趙紹球
擊壤歌

不要試圖從快樂的文字中
挖掘痛苦的釘子
不要試圖從微笑的臉龐裡
放大憂傷的魚尾

〔原作〕
〈擊壤歌〉／趙紹球

不要試圖從快樂的文字中
挖掘痛苦的釘子
不要試圖從微笑的臉龐裡
放大憂傷的魚尾
我們苟且呼吸困難的每一刻
繼續偷生
我們得過所剩無幾的每一天
餘生且過
帝力於我何關？

這樣的日常

這樣的活著，這樣

不也是頂好的嗎？

（2021-6-21初稿@隆城）

2022年11月23日截

曾廣健（越南）

情淚

一段情糾結被褶皺時
擰出昨天的風雨
今夜　淚珠突然滾到窗外
與螢光競賽閃爍

2022年11月26日

張舒嵎

冬

我小心走過苦楝子的詩體

在大雪之前，款步而來的晨光

一個失神，踏到地上垂死的鳥聲

所有的落葉都一起喊　痛

2022年11月28日

無花

白色運動

永凍的南極

一小塊冰山

從冰架脫落

2022年11月29日

明月
自嗨

嘰喳的鳥聲
午後，solo管弦樂曲
把每個音符
掛在樹梢，納涼

2022年11月29日

謝宗翰
要的+1

每天舉標語陳情
像新手搔不到痛的癢處
笑點有脈絡可尋嗎？
恩客上來吧，底下等你

2022年11月30日

張舒嵎

工具人-1

倒塌在月光下的愛情

插滿邱比特誤射的箭

胸腔內只剩下妳呼來喚去的回音

2022年11月30日

語凡（Alex Chan）（新加坡）

吻
——讀卡夫截句

蛇在嘴裡狂飆
唾液沸騰在越來越窄的口腔
腔已上膛
只不過是兩個交戰的靈魂

2022年11月30日

〔原詩〕
卡夫／〈吻〉

舌在嘴裡狂飆
唇在越來越小的床上
翻滾
夜　無處可逃

龍妍

閒步

遙問青山為何不老
青山笑我何時有閒
山坳浮上來片片白色句子，無解
情詩何時解封，幾行？

2022年12月1日

謝宗翰

覺醒-5

夜還是睜開了我
那一雙小小的睡意
而偌大的床
私下流出，夢遺棄的淚

2022年12月9日

喃喃

紙飛機的愛情

我是你摺的紙飛機
享受你給予的飛行
和摔落

2022年12月15日

瘦瘦的馬

你的聲音溶入了我正在看著的風景

著上了聲音的色澤

風景就不再只是風景

因為有了人

看著的花草就可思可想了

2022年12月16日

張舒嵎

冬至

苦楝樹枝昏厥在貧血的月色裡

在越來越短的陽光下

我用一把肥潤的鳥聲,編織一段貧脊的日子

自己挨著自己　過冬

　　PS：寒流來襲又逢生日有感

2022年12月22日

喃喃

待續

空氣中有無數多的舊日

等待和現實接軌

繼續未完的故事

　　　　　　　　2022年12月28日

賴家誠
自摸

老天總是愛留一張牌

給愛算計的人自摸

讓他明白，什麼叫人算不如天算

2022年12月30日

游鍪良
自我反省

經歷飄搖秋冬
樹冷靜摸頭思索
曾經吹亂的衝撞
該怎麼轉圜

2022年12月31日

江彧
日曆

用 12 根手指敲敲我的眼球
3 是耳　張開，1　貼脣　噓
一張單薄誇大　的飆高音
一葉未黃將黃　準備飄落

2022年12月31日

2023年1～6月截句選

1～2月截句選

瘦瘦的馬

題畫

──潘天壽的〈鷹〉

要站多高

才可以目空

心中自有無人可及的高度

孤獨，是我冷冷的名字

2023年1月1日

聽雨
回憶的色調

有意無意，你瞄了一眼
漣漪於是晃動
無數個你。回望
瞄了你，一眼又一眼

　　後記：
　　第一次到檳城喬治市在 N 年前，過後也去了多次。年初再次踏
　　足，記憶裡的三輪車還停在同樣的角落，有著恆久的色調，即使
　　相機記載的已有了出入。

2023年1月15日

玉香

高麗菜

慢慢把心養大
將慾望緊緊包裹
等著寒風吹過
開始，硬起來

2023年1月15日

瘦瘦的馬

行走的人
——阿貝托・賈可梅蒂〈行走的人〉

他把路披在肩上

他把殘月貼在天空

他把幾粒星米灑向水面

他把自己走成一條瘦瘦的人

　　　　　　　　　　　　　　2023年1月27日

無花
生活中的瓶瓶罐罐

我又被裝進容器裏

偷聽每個關節

粉碎之後重組的噪音

骨骼的軟硬決定日子的形狀

2023年1月29日

夏光樹
詩人左腳的音量

詩人左腳踩踏的音量
總是比旁人的大了一些些
眾聲喧嘩
終究還是沒有人聽見

　　　　　　　　　　　　　　2023年1月30日

瘦瘦的馬
在金山跳石海岸讀零雨的詩

序：

昨天，到新北市圖取回預借的書——零雨的詩集《膚色的時光》，帶著她出遊，騎著老馬（我心愛的摩托車），從板橋一路經過三芝、石門、金山，中間走走停停，到了跳石海岸，眼前所見：湛藍的海水，泠泠的濤聲，太美了，坐下來——和天地一起坐下來，取出零雨的詩集，一面讀詩一面讀海，人生有至樂？就是這個，是為序。

讀過詩的眼睛然後讀海

讀過海的眼睛然後讀詩

當海的濤聲漫過零雨的詩集

詩長出了鰭　　可以游了

2023年1月31日

夏光樹
青春剝落的聲音

青春剝落，
擲地有聲。
年輕時仔細聆聽，
老了，比較不易耳鳴。

2023年2月4日

邱逸華

傾空的酒杯

交盞或餞別過的人

都曾是彼此的佳釀

最後誰沒醉過？看悲劇的形狀如此一致

讓我卑鄙地傾空自己，奔赴你無情的流域

2023年2月6日

曾美玲

賞梅

滿園怒放，重生的白
把沾染一生的灰暗塵垢
堆疊內心，千萬噸虛空煩憂
粒粒掃除

2023年2月7日

邱逸華

制服

為青春造的繭
束起他野性的體味掩護她變動的地殼
蛻變以前
我們得先學會自縛

2023年2月7日

聽雨
影子

而那只不過是
你攤在陽光底下的偽證

2023年2月7日

沐沐

翻譯

痛楚的映射是更長的痛楚

季節不斷反芻著淚雨，在鏡面上

叨叨　絮絮

她虔誠地用咒語把自己翻成一片海

2023年2月8日

文靜

瓶瓶罐罐中的生活
──雅和無花截句〈生活中的瓶瓶罐罐〉

從洞口偷窺

日子瑣碎，積滿生者的皮屑和骨灰

唯孩童伸出他勇敢的手指

舔一口，笑著說那是糖或鹽

2023年2月10日

黃裕文

白噪音

舞的盡頭，腳還蔓延
自己的草原
所有小小的草尖都像快觸及
一棵不存在的樹

2023年2月11日

聽雨
暗戀

這與你無關
也不是荷爾蒙無聊的事
就像小鳥喜歡吃蟲
我只為了存活

2023年2月12日

Chamonix Lin

蛋白

從背包裡拿出輕聲細語
拉花可可色的甜蜜濃郁
默契表面光滑但彈指可破
因為愛，所以這麼容易打發

2023 年 2 月 14 日

夏光樹
花掉了

啊，先生，你的花掉了。

謝謝您。我將一束燦爛踩碎。

愛情僅剩的小小的餘額已經花掉了。

眼睛因為淚，花掉了。

2023年2月16日

Chamonix Lin

Mars

她誤認我是一種傷口

對我澆灌愛與關懷

直到昨夜黑暗從眼睛溢出

她才驚覺，我真正需要的是戰爭

2023年2月18日

瘦瘦的馬
一朵奇異的花

在眾花之中
你無法發現我的奇異
可當我從眾花之中走了出來
我的奇異那麼與眾不同

2023年2月22日

瘦瘦的馬
人生的感歎詞

當我乍看鏡子上滿臉

時間的溝壑

那是人生的甬道

走過我的童年我的中年……

2023年2月24日

黃士洲
當白鴿的翅翼被戰火淋濕

戰機，競逐坦克。強暴和平
百姓房舍窗口不約而同懷孕桀驁烈火
槍聲煮熟死亡，餵養
躲在縫隙裡的大霧眼瞳

2023年2月26日

李宜之
不再曖昧

在戀人中
每一場唇槍舌劍
只會讓愛情
有口皆悲

2023年2月27日

3～4月截句選

夏光樹
你後來又吻了誰？

你在左邊，我在右邊，
愛情是一道牆，站在我們中間。
只想問你，
隔著牆，你後來又吻了誰？

2023年3月2日

Chamonix Lin

他的女人

那些唱歌的雀鳥

有的纖瘦嬌小、有的俏麗熾盛

還有一隻肩扛巨大機槍

每顆子彈都吐露傷痕

2023年3月5日

劉祖榮

樹的心

樹說：我的心也是一輪紅日，
同樣畫出夜息，
它讓我的枝葉汲取光和熱，
溫暖根鬚下陰冷的大地。

2023年3月17日

夏光樹
分手的話

一兩的憂傷
加入半斤的想念
甜甜的
不苦的，其實

2023年3月19日

季閒

移工

他們用公制螺母鎖英制螺絲
幹部張開右邊嘴巴關心，打卡鐘
一絲不苟上下班
我是廠長也是壁虎

2023年3月19日

晚晚
手指書寫的門

不願困頓時得保留一扇出口
或因此能留住更多次星空
證明看得到的永遠，是片面的
關或開都洩漏了完整的企圖

2023年3月20日

Chamonix Lin

遠方

「30歲以上還沒對愛絕望的人都該讀七等生」他說
但涼鞋女孩下一秒轉身離開他的眼睛與家室
毫不眷戀手溫摩娑的深色封面
或他

2023年3月27日

瘦瘦的馬

樹仔頂的鳥仔聲欲按怎畫？
（臺語）

畫一个人

食飽閒閒

捻喙鬚

耳仔畫予尖尖尖

2023年3月31日

Sky Red

老家

老

是忘東忘西

家　停在

高處　守候

2023年3月31日

辛澐

水樣的柔軟

夜空，思縈緒繞

心，水樣的柔軟

塵囂風聲急急如令

攸關真相唯在寂靜中，可得

2023年4月6日

滔文
詞窮

疏落空格，黯然的心思，盯剪燕飛翔
傍晚空氣流涎，獨欠蓄發的人間詞話。
水溝坑口孑孓活躍
餐廳內音樂撩人，穿制服的AI蠢蠢欲動

2023年4月7日

江彧

多餘

別為風
婚姻一個家
別怕火、會冷
為其添油

2023年4月8日

張威龍
遺物

留著思念，或者
為我引一把火
溫暖怕冷的魂魄
在一個寂寞的角落

2023 年 4 月 9 日

忍星
你，的截句

說了一千遍一萬遍
你
存活在我心裡
跟死亡一樣　客氣乾淨

2023年4月9日

辛澐

誘惑

唇紅霜凝，花月
玉裙起舞，已翩翩縈懷
情蕩漾慾，我竟痴迷
深淵那瘋狂的牽引

2023年4月10日

辛澐

踪跡

時光輕輕舞，足尖
烙下曾經的痕跡
那怕不經意轉身
靈魂緊緊十指交織風吹不散

2023年4月11日

辛澐

沒有月亮

月亮，黑夜裡沒有影子
天際線閃著千萬顆星辰
心波隨著繁星跳躍
獨航，宇宙沒有人陪伴

2023年4月11日

呂白水

謎

他默默轉身離去
沒鼓起勇氣按她家的門鈴
有個長得跟他一模一樣的人
在她家過夜，那一夜

2023年4月15日

游鍫良
耐著性子

剪一段小小風波
貼在城市胸口
路過的理想在紅燈前煞車
摸了摸那方向盤的陣痛

2023年4月15日

黃士洲

中年

髮。以白色大嗓音，嚷嚷
鬍鬚也同鄉話，熱情回應
兩邊愛猜拳的眼尾
難分輸贏，重複出布

2023年4月16日

李宜之
微笑

那滿足的嘴型
像個盪著喜樂的小船
兩顆星星從遠處
捎來亮晶晶的心情

2023年4月19日

辛澐

輕煙

輕煙起，似清風一縷
搖白我心中一雙寒羽
落花獨踏江湖夢
心底沉著一枚寂靜的流星

2023年4月19日

洪銘

雙胞胎

連手一起撐破地球現身
浮上池面嘟起千百張滾滾魚嘴
母親像千手觀音
聞聲救援日夜哭鬧的接力大隊

2023年4月26日

5～6月截句選

沒之

窗

以為隔絕了內外卻放任寒暑探訪

不曾停止的意識流竄

瞬息無數念想

每一秒的千差萬別都被忘記

2023年5月2日

阿蕭
溫度

心軟才能竊聽宇宙的溫度？
我穿過數字堆疊的科技島
在萬呎下，用掌心撫摸地球之心
千萬朵花蕊熱情合唱

2023年5月10日

辛澐

靠岸

離岸遠遠方落日，靜靜

漣漪吻過的足痕

片刻短暫也是永恆

回憶在舊照片邊緣倚靠

2023 年 5 月 11 日

侯思平

花粉潮

風頭是撓著癢處拼命掉渣的皮
風尾是扛不住輕重死命糾結的癬
在紅塵落英的季節
輕則痠疼，重則哮喘

2023年5月12日

李宜之
風箏

飄來飄去的靈感
怕不小心飛飛飛不見了
我拿墨線來牽著

2023年5月24日

李宜之
我們都是歲月的浪人

那飄盪的白絲
不是風吹過我思鄉的津液
不是被歲月洗褪色曾經的青線
而是誰人隨遇而安彈唱的聲弦

2023年5月31日

張玟綾

窗

窗是一畝田
種樹種花種四季
你走後，田地荒了
只能種相思

2023年6月1日

黃士洲
伸直腰的搬運工

汗水搬運一床夜晚

溼漉漉的背心　知道

不再擔心規律宮縮的稅單

鼓鼓口袋叫五層樓的階梯　慢慢喘

2023年6月1日

李瘦馬

行過人生

行過人生慢車道，看見一張張流動的臉

誰說那流動的臉是心的印拓？

誰又說心是時間的蜂巢？

弦上歌詩，有伯樂的回音

附記：

最近爾雅出版的五書是：白靈《流動的臉》、向陽《弦上歌
詩》、陳義芝《蜂巢》、蕭蕭《心的印拓》、蘇紹連《慢車
道》。

2023年6月2日

張玟綾

風箏

無論飛多高多遠
內心都是踏實的
因為知道有人
時時把你牽掛

2023年6月3日

李文靜
容貌焦慮

練習了許久
脫下口罩的時候
終於把臉皮也一併扯下

2023年6月4日

無花

手捧蠟燭之人（選一）

風在滅火

人在滅火

課本在滅火

火，也在滅火

　　　　　　　　　　　　　　　2023年6月4日

周駿城
續〈手捧蠟燭之人〉（選一）

星星之火還未燎原
便被砲火擊滅
他們說　明亮很危險
溫暖也是

2023年6月4日

李瘦馬

站在高崗一任天風吹著

風，那把大梳子梳著遠方的雲
風，這把大梳子梳著近處的浪
風，那把大梳子梳著誰的心田
風，正梳著我胸中無盡的山河

2023年6月6日

于千
故鄉的浪影

海岸有你在故鄉打水漂的記憶
沉淪是對著風雨的挑釁
黑洞深埋的創傷，思念
轉角有浪花翻影，你在那裏

2023年6月9日

夏光樹
心臟衰竭

將你的名字從心臟挖出
擲地，以腳用力壓扁踩碎
終於你，面目全非
我，心臟開始衰竭

2023年6月22日

騷人

咪兔一直繁衍
管你在什麼圈
就只做蘸墨舔筆的墨客吧
不要再去騷人了

2023年6月23日

張玟綾
執念

日拂菩提樹　夜拭明鏡臺
眼底始終　隱藏一粒塵埃
拂不去　拭不掉
疼得凡人流下淚來

2023年6月26日

梧桐

等一束光

心擠出時間
指腹獵狩意象
皮下組織蠕動陌生化
路燈探頭品嘗

2023年6月29日

【作者索引】

蕭郁璇　整理

說明：

1. 本索引為方便上網搜尋，乃按作者在此截句選集中的筆名排列，括弧中並附臉書上的取名方式，日期按發表年／月／日。

2. 因本選集中輯一至輯四的每首詩末均附年月日，雖橫跨三個年度（2021/7/1~2023/6/30），實際前後只有兩年。故索引如 '22/01/02即2022年1月2日。查詢詩作請按年及月份，如2021年7月至12月，可在輯一逐日查詢。如2023年1月至6月，則在輯四查詢，逐日尋索即可，以此類推。

語言文學類　截句詩系48　PG3016

轉身：
2022～2023臉書截句選

主　　編/白　靈
責任編輯/陳彥妏
圖文排版/黃莉珊
封面設計/魏振庭

發 行 人/宋政坤
法律顧問/毛國樑　律師
出版發行/秀威資訊科技股份有限公司
　　　　114台北市內湖區瑞光路76巷65號1樓
　　　　電話：+886-2-2796-3638　傳真：+886-2-2796-1377
　　　　http://www.showwe.com.tw
劃撥帳號/19563868　戶名：秀威資訊科技股份有限公司
　　　　讀者服務信箱：service@showwe.com.tw
展售門市/國家書店（松江門市）
　　　　104台北市中山區松江路209號1樓
　　　　電話：+886-2-2518-0207　傳真：+886-2-2518-0778
網路訂購/秀威網路書店：https://store.showwe.tw
　　　　國家網路書店：https://www.govbooks.com.tw

2023年12月　BOD一版
定價：460元
版權所有　翻印必究
本書如有缺頁、破損或裝訂錯誤，請寄回更換

讀者回函卡

國家圖書館出版品預行編目

轉身 : 2022～2023臉書截句選 / 白靈主編. -- 一
版. -- 臺北市 : 秀威資訊科技股份有限公司,
2023.12
　　面；　　公分. -- (語言文學類 ; PG3016)(截
句詩系 ; 48)
　　BOD版
　　ISBN 978-626-7346-44-0(平裝)

863.51　　　　　　　　　　112019696